I0536683

Sergio Caroleo

Lydia e Ingrid

ISBN 978-0-244-50028-3

I
Lydia

Quando entravi dalla porta principale del Grande Albergo Moderno, eri catturato dalla spettacolare hall che terminava, in fondo, con una scenografica scalinata che maestosamente, ma mollemente si snodava verso i piani superiori come una stola di volpe bianca sulle candide spalle di una diva.

Isole di salottini con comode poltrone, permettevano ai viaggiatori di ritrovarsi a chiacchierare con amici e parenti rintracciati in città o a frettolosi agenti di commercio di discutere con i loro locali clienti in appuntamenti d'affari; ma, ineluttabilmente, in uno o due di quei salottini, avresti trovato come ospiti fissi, quasi fosse un club inglese, gli habitué del Moderno.

Anziani avvocati, qualche barone decaduto, sragionanti ragionieri amici di lunga data del commendatore don Lissandro (cui era toccato l'ingrato compito della reggenza della Ditta dopo la morte di Eugenio, prima di poter passare il testimone ai figli di quest'ultimo, ancora adolescenti).

A sinistra della porta principale, dietro ad un alto bancone che ancora di più faceva risaltare la sua non eccelsa statura, se guardavi bene, avresti potuto notare Lydia la telefonista. Sempre linda nel suo grembiule di lucido raso nero e contegnosamente truccata con un filo di rossetto, t'incantava nel vederla rispondere con quell'ingombrante cuffia telefonica in testa estraendo abilmente dal banco di lavoro lunghi cordoni elettrici che sapientemente sapeva fare incrociare quando li inseriva con il loro spinotto nel quadro elettrico dell'intercomunicazione dai cento fori, posto di fronte a lei.

La signorina Lydia ogni settimana, assieme alla sorella maggiore, anch'essa nubile, la domenica pomeriggio, non mancava mai di unirsi alla folla che riempiva Il "Masciari" o il "Politeama" per sognare quell'amore che solo la suggestione del cinema sa suscitare.

Hollywood, negli anni della guerra, non aveva mai smesso di sfornare pellicole come "Casablanca", "Per chi suona la campana", "Notorius", "Io ti salverò", ma queste meraviglie erano state negate al pubblico italiano da autarchica censura.

Finalmente oggi, in questo 1949, in cui gli Americani sono diventati nostri amici, valanghe di film mai visti prima, possono riempire gli occhi dei giovani catanzaresi e fanno sognare le piccole Lydie che confondono le loro lacrime con quelle delle dive più famose come Ingrid Bergman nella scena d'addio a Humphrey Bogart.

II
Il viaggio

Lydia, quella mattina di primavera del 1949, non poteva credere a se stessa quando ricevette quella prenotazione proveniente da un altro famoso albergo siciliano che richiedeva una stanza per quella notte a nome del Signor Roberto Rossellini e la Signora Ingrid Bergman.

Lydia, come tutti in Italia, aveva letto in una delle tante riviste illustrate che i distratti visitatori lasciavano nelle loro stanze e che poi stazionavano, stropicciate sui tavoli dei salottini del Moderno, dell'incredibile (per lei) spudoratezza con cui quella statua vivente di Ingrid aveva rubato Roberto ad Anna[1].

Caro Roberto, ho visto i suoi film Roma Città Aperta e Paisà. Se le dovesse servire un'attrice svedese che parla inglese molto bene, non ha dimenticato il tedesco, non è molto comprensibile in francese e in italiano sa dire soltanto Ti Amo, sono pronta a venire in Italia a girare un film con lei.

Così aveva scritto quella "sfacciata" (così la pensava Lydia) a Roberto e poteva mai questi sottrarsi a un così esplicito invito?

Era stata passione travolgente, Ingrid aveva abbandonato Hollywood e, assieme al suo amato regista, stavano girando a Stromboli il film dello scandalo[2] e ora, in

---

[1] Anna Magnani

[2] Stromboli terra di Dio. Primo ciack: 04/04/1949

una pausa di lavorazione per la settimana di Pasqua, si concedevano un viaggio in auto perché a Roberto piaceva mostrarle la selvaggia ma genuina natura di un'Italia ancora stordita da anni difficili.

In quegli anni, programmare un viaggio in auto dalla Sicilia, soprattutto se la vostra auto fosse stata un'imponente berlina decapottabile, poteva non essere del tutto agevole in strade tortuose e strette che spesso avreste dovuto contendere a mandrie di buoi o a greggi di ovini.

Si rendeva così obbligata la sosta a tappe lungo il percorso e una coppia così celebre non poteva fermarsi nel primo autostello, ma doveva alloggiare in un albergo degno di tal nome.

Il Grande Albergo Moderno era certamente uno dei più rinomati dell'Italia meridionale e, certamente, il portiere dell'albergo siciliano da cui provenivano, sapeva bene a chi telefonare per garantire un alloggio degno di questa coppia famosa.

Lydia saltò dal suo seggiolone e andò direttamente dal Commendatore per informarlo dell'imminente arrivo.

III
Don Lissandro

Don Lissandro aveva appena estratto dal suo scatolotto di cartone quadrato una di quelle sue strane ovali Turmac e, beatamente centellinando il suo Punt-e-

Mes, stava serenamente ascoltando l'ultimo pettegolezzo su quella tale signora della città di cui, con dovizia di particolari, gli stava riferendo l'avvocato ..., suo amico d'infanzia.

Quando Lydia gli sussurrò nell'orecchio la novità, sbiancò in volto e immediatamente schiacciò nella ceneriera la sigaretta mai accesa e fu colto da un frenetico attivismo.

Lissandro, scapolo impenitente, era uomo di mondo e la sua passione erano i viaggi e l'eleganza nel vestire. Mai lo avreste visto d'inverno senza una scarpa Barrows meno che lustra o, d'estate, senza un mocassino intrecciato o un classico bicolore con il calzino in richiamo della cravatta.

Dai viaggi aveva appreso l'eleganza dei modi che si respira nei grandi alberghi e dalle frequentazioni altolocate, gli indirizzi dei migliori sarti di Roma e Napoli.

Questo stesso gusto si respirava nel Grande Albergo Moderno e pervadeva tutto il suo personale, a partire dal portiere con le dorate chiavi incrociate appuntate sull'asola dei risvolti della sua livrea o il barman in giacca candida e con le scarpe che don Lissandro voleva sempre impeccabilmente lucide.

L'organizzazione dell'ospitalità per l'inconsueta coppia non fu cosa difficile per la Reception; si trattava di assegnare la stanza più ampia al secondo piano e di segnalare alla governante di eseguirne un'accurata revisione.

Ma a Don Lissandro venne in mente di rendere omaggio la coppia con un tocco di classe che solo lui poteva escogitare.

Alcuni anni prima, il Grande Albergo Moderno aveva alloggiato, per una notte, Umberto, il Principe di Piemonte. Per la circostanza erano state acquistate delle lenzuola di lino di Fiandre da una rinomata fabbrica tessile di cui la terra di Calabria era orgogliosa. Queste poi erano state arricchite, al risvolto, con una delicata trama di merletto Macramè che sapienti mani tiriolesi [3] avevano confezionato appositamente al tombolo.

Lissandro, dopo il passaggio dell'augusto ospite, aveva direttamente dato in custodia

---

[3] Tiriolo è paese rinomato per le manifatture di merletti a tombolo

le lenzuola alle sue sorelle Aida e Giannina (pure loro zitelle) che le avevano serbate e accudite provvedendo al lavaggio e alla candeggiatura periodica, con la stessa devozione con cui si prendevano cura di lui, consentendogli una vita da satrapo persiano.

Quale più appropriata occasione di rinfrescare la migliore biancheria della città, già arricchita dal passaggio di così nobili terga?

Ciccio, il fattorino, fu prontamente spedito a casa del Commendatore per ritirare quell'involto così gelosamente conservato dalle sorelle e, immediatamente, il suo contenuto fu preso in carico dalla governante dell'albergo che ne comandò una stiratura impeccabile e una profumazione supplementare di lavanda.

Intanto, quell'inconsueta frenesia che aveva colto Lissandro, non poteva sfuggire agli amici di tanti pettegolezzi; e lui, con malcelato orgoglio, si lasciò facilmente scappare una così ghiotta novità per quel crocchio di avidi linguacciuti che lo circondavano.

Mai raccomandazioni di riservatezza e discrezione sarebbero potute essere più fatue ed evanescenti.

In meno di un'ora mogli, fratelli, cugini, cognati e amici degli amici, già avevano ricevuto la notizia con la stessa velocità con cui oggi si propagano nel backbone del web, ma con una fascinosa coloritura che solo le notizie sussurrate a voce possono dare.

IV
L'albergo

Ingrid e Roberto si amavano veramente.
Soprattutto Ingrid era completamente
affascinata da quel pigro italiano che aveva
avuto il coraggio di descrivere uno spacca-
to di un'Italia un po' stracciona, ma reale,

dignitosa e viva e così lontana da quelle algide atmosfere di vita familiare che le aveva riservato la sua Svezia e quello star system del patinato mondo di Hollywood dove non si perdona una defaillance al box office.

In città arrivarono quasi all'imbrunire e, man mano che l'imponente cabriolet s'inerpicava per raggiungere la città dei tre colli, si sentivano accarezzati da una tiepida e profumata brezza primaverile, così diversa dalla precoce calura eoliana che avevano appena abbandonato.

Percorsi gli ultimi tornanti che portavano in città, non fu difficile per Roberto riconoscere nella loro meta il Grande Albergo con quella sagoma d'architettura modernista che il Bauhaus aveva così originalmente pensato con la morfoplastica asimmetria in vetrocemento di quella terrazza stondata che avrebbe fatto saltare i gangheri a Goebbels, ma che aveva entusiasmato quel visionario di 'Genio[4].

A Roberto e Ingrid che godevano nel rompere gli schemi precostituiti del perbenismo, piacque subito.

Il portiere Mimmo che sfoggiava la livrea primaverile grigio ghiaccio, fu mandato ad accoglierli sulla porta principale e al fattorino Pepè con la sua giacca in mille righe rosse e nere, non pareva vero di prendersi cura della loro cabrio per riporla in garage.

---

[4] Il Grande Albergo moderno fu edificato nel 1932 da Eugenio ('Genio) Mancuso che acquistò il progetto dalla scuola d'architettura Bauhaus di Gropius. Quest'ultima fu decisamente avversata dal regime nazista che ne dispose la chiusura nel 1933.

Vennero introdotti nella hall ed Ingrid apparve a tutti imponente nella sua naturale bellezza, inutilmente celata da un paio di occhiali scuri a goccia, mentre la bionda chioma era raccolta da un foulard annodato alla nuca. Portava un leggero cappotto chiaro che lasciava intravedere i pantaloni, capo di vestiario quasi del tutto inusuale per le donne catanzaresi. Aveva tra le mani una Leica, che tradiva uno sguardo curioso ed emancipato sul mondo.

A lei, invece, per un attimo, forse tornò in mente un mondo che voleva ripudiare.

L'albergo *era pieno di notabili catanzaresi, silenziosi, vestiti di nero, ma radunati in tale folla da farmi venire le vertigini. Ce n'erano nell'atrio, sulle scale che portavano alla camera da letto, nel corridoio*, così confessò Ingrid qualche tempo più tardi a Camilla Cederna[5].

Ingrid, per raggiungere con Roberto la loro stanza, dovette passare attraverso *"due ali nere di uomini immobili"*, dallo sguardo che le era sembrato *"avido e cupo, in un silenzio da esecuzione capitale"*.

Condividevano costoro l'opinione di quel bigotto senatore[6] che l'aveva dipinta, durante una seduta del Congresso, come *"potente distillatrice del male e cultrice del libero amore"* per aver osato rompere con l'America?

Gli amanti si rifugiarono immediatamente nel loro alloggio, stanchi del lungo viaggio

[5] Camilla Cederna 1950 sul n.41 (8 ottobre 1950), de "L'Europeo

[6] Il senatore Edwin Johnson del Colorado

e, dopo qualche tempo in cui realizzarono che sarebbe stato impossibile confondersi per una passeggiata tra una folla anonima, chiesero di ricevere in camera solo due Martini dry.

V
Una timida… sfrontata

Il Martini Dry! il Martini Dry !

Amedeo, il barman, erano anni che non aspettava altro.

Don Lissandro aveva sempre tenuto "assai" che mai mancassero nel bar il Rum bianco per il Daiquiri, l'angostura per il Manhattan o il succo di pomodoro per il Bloody Mary e lo stesso Amedeo ne conservava gelosamente le ricette che un suo vecchio zio gli aveva tramandato dopo essere stato per dieci anni a bordo, come aiuto barman, sul Conte Biancamano.

Tre parti di Gordon's e una di Vermouth, Amedeo lo miscelò con cura, lo versò in due affusolate coppe, vi tuffò un'oliva bianca, succosa del nostro sole, lo profumò strizzando la buccia di un generoso limone. Preparò un cabaret d'argentone rivestito di un candido tovagliolo e vi pose, assieme alle coppe, una spiga carminia di violaciocche di giardino.

Quando Amedeo, con discrezione bussò alla porta, mai si sarebbe aspettato di vedere ciò che vide.

Aprì Roberto. In vestaglia, prese in carico il vassoio e lasciò velocemente scivolare in tasca d'Amedeo una generosa mancia.

Ma ad Amedeo non sfuggì Ingrid, seduta sul bordo del letto, ancora del tutto vestita, china, tra le mani il capo denudato di quel turbante di foulard.

Non si poteva sbagliare. Quella diva che rideva con gli occhi … ora piangeva come non l'aveva vista mai: neanche a Casablanca.

La porta si richiuse subito a serbare la fragilità e la timidezza di una donna sfrontata.

Amedeo non capiva. Cosa mai poteva mancare a quella donna?

Forse tutta quella gente nella hall e per i corridoi turbava l'intimità della coppia?

Corse a parlarne con don Lissandro e dopo pochi minuti un silenzio solidale si sparse per tutta la notte in quell'albergo dove il rispetto che i catanzaresi sanno serbare per il forestiero non poteva essere sopraffatto da una pur giustificata curiosità.

Certo, nonostante le apparenze, forse era uno dei periodi di vita più travagliati per Ingrid.

Quanto le stava costando questo travolgente amore italiano!

Perdere la sicura ricchezza, la fama e forse l'onore che Hollywood le garantiva, e ancor più l'affetto di Pia[7] che, sicuramente, quel freddo neurochirurgo che aveva sposato, le avrebbe alienato.

Lei, che tutti avevano finora visto come una santa, ora era rigettata come la più infima delle donne facili.

---

[7] Pia Friedal Lindström, È la prima figlia avuta nel 1938 con il dottor Aron Petter Lindström

E poi, sentiva addosso tutti i maledetti strali che quell'Erinni di Nannarella ogni sera le lanciava dalla sua solitudine di Vulcano[8].

Bevve avidamente il Martini di Amedeo e chiese a Roberto di poterne fruire ancora dalla coppa a lui destinata.

Poi si adagiò, accarezzata da quelle delicate e profumate lenzuola e le sembrò per un attimo di rammentare un lontano materno abbraccio così troppo presto a lei negato[9] e

[8] Anna Magnani, allora sentimentalmente legata a Roberto Rossellini, sarebbe dovuta essere l'interprete di *Stromboli terra di Dio* prima che il regista conoscesse Ingrid Bergman. In concorrenza e in contemporanea girerà un altro film nell'isola di Vulcano e per questo le cronache dell'epoca parlarono della guerra dei vulcani per sottolineare la rivalità fra le due dive.

[9] Ingrid perde la mamma Friedel Adler all'età di tre anni. Perderà il padre, Justus Samuel , all'età di tredici anni.

che tanto ora le richiamava prepotente un desiderio di rinnovellante maternità.

Solo così un sonno profondo finalmente la accolse.

VI
Il sindaco

Catanzaro è città disincantata e sonnacchiosa, ma la notizia durante la serata si era sparsa fulmineamente e non c'era salone di barbiere, negozio di pizzicagnolo o ufficio dove l'evento non era stato oggetto di discussione e di organizzazione.

Tutti, ma proprio tutti, in città non potevano lasciar andare via la coppia senza essere presenti al loro passaggio quando sarebbero ripartiti.

Per guadagnare i migliori posti, si erano svegliati all'alba.

Pian piano, con quell'ansia che si autoalimenta, complice del contagio che aveva colto anche il vicino di casa, si riversavano a "fora i porti"[10], gremendo Piazza Matteotti fino a via Indipendenza.

Tutta quella frenesia non era sfuggita alle forze dell'ordine che, prontamente, l'avevano segnalato ai loro superiori e di gradino in gradino la notizia era giunta al Prefetto che in quegli anni di rinnovata vitalità politica aveva ricevuto il mandato di controllare ogni affollamento che potesse turbare la fragile democrazia da poco riconquistata.

Le preoccupazioni del Prefetto non erano peregrine.

Forse i catanzaresi non erano appassionati delle contrapposizioni della nostrana guer-

---

[10] . Espressione comune ai cittadini catanzaresi per identificare l'area antistante l'Albergo che in origine era sede della porta nord della cinta muraria (Porta di San Giovanni o Castellana).

ra fredda tra comunisti, azionisti e demo-cristiani che animavano altre regioni del Paese, ma certamente allora era nell'aria un clima di effervescente ribellione qualora la città non fosse stata confermata come ca-poluogo della Calabria dalla commissione parlamentare "Donatini-Molinaroli"[11] e lì sì … che sarebbero stati capaci di scendere in piazza.

Era meglio diluire, stemperare, raffreddare ogni assembramento che potesse far assa-porare la voglia di una disordinata protesta.

[11] E' la commissione Affari Istituzionali della Camera dei Deputati cui fu affidato il compito di individuare le ragioni storiche e cultu-rali per assegnare tra Catanzaro e Reggio Calabria la capitale della nascente regione Calabria. Nel gennaio 1950 la città fu segnata da quattro giorni di guerriglia urbana, che gli storici locali, ricordano come le "quattro giornate di Catanzaro" .

Quasi all'alba il Sindaco fu svegliato dal Prefetto e sollecitato a farsi carico di ricondurre al più presto la sua città alla consueta indolente quotidianità.

Essere democristiani non serve per risolvere i problemi della gente, ma aiuta a farglielo credere.

E' uno stile di vita. Lui ti ascolta, parla poco, finge di assecondare ciò che gli chiedi, ma poi trova il modo di fare a modo suo facendoti credere che sta facendo a modo tuo.

Si levò, non senza disappunto, inforcò quegli occhialini metallici che lo facevano tanto somigliare a quel "sagrestanello"[12] di Emilio Colombo e con quel mozzicone

---

[12] E' definizione di Francesco Saverio Nitti per Emilio Colombo

spento di Nazionale eternamente appicci-
cato all'angolo della bocca, meditò tra sé su
come impedire che quel 14 aprile, giovedì
santo, non si trasformasse troppo presto in
venerdì santo.

Telefonò subito al Moderno e si fece passare don Lissandro, suo vecchio amico, che
per tutta la notte aveva vegliato per assicu-
rare un rispettoso silenzio all'interno
dell'albergo tra gli innumerevoli amici che
si erano ricordati di lui in quel giorno, ma
che ora era incapace di dominare una folla
pressante che gremiva tutta la piazza e che
certamente avrebbe impedito che la coppia
lasciasse in incognito la città.

Si fece accompagnare in auto fino al San
Giovanni, ma realizzò distintamente che
l'assembramento era tale che solo a piedi

sarebbe potuto pervenire alla sua meta. S'incamminò per il vicolo Poerio e raggiunse un accesso posteriore dell'albergo, così come gli era stato suggerito da don Lissandro.

Con lui s'incontrò nella hall e gli fu subito chiaro, dal pallore del volto e da un percettibile tremito del suo amico, che l'evento lo stava sopraffacendo, ma tutt'e due ebbero altrettanta consapevolezza che solo loro potevano risolvere il problema senza conseguenze per l'incolumità degli ospiti e per il buon nome della città.

Era già quasi mezzogiorno e non si poteva rischiare che la loro partenza posticipasse tanto da poter collidere con lo "struscio"[13] che da lì a poche ore avrebbe ulteriormente gremito nel pomeriggio quel giovedì.

---

[13] E' il passeggio elegante tra le strade cittadine che si concedono le famiglie della città durante la visita ai "Sepolcri" , proprio di giovedì Santo.

VII
La gente

Contro ogni aspettativa, quella notte Ingrid riposò serenamente, come da un po' di tempo non le capitava.

Trovò a rassicurarla, al risveglio, un tenero e forse ironico sorriso di Roberto e lei si sentì di nuovo serena così come quando, un tempo, si rifugiava tra le braccia di un padre che l'aveva, bambina, abbandonata per raggiungere sua moglie in cielo.

Uno strano brusio, però, si materializzava proveniente dalla finestra.

Lasciò quel rassicurante giaciglio per sbirciare dietro le spesse cortine che proteggevano i vetri da sguardi indiscreti.

Un tappeto di teste si stendeva nella piazza di cui non si vedeva la fine, punteggiando a vista d'occhio ogni vicolo e portone.

Erano tutti lì per lei e volevano dirle che la amavano, così come avrebbero amato la futura sposa di un loro figlio.

Erano quelli gli sguardi candidi di tante persone semplici, così diverse da altre disincantate folle che aveva conosciuto nelle serate dell'Accademy Awards, ma che le garantivano che della sua favola non si sarebbero mai più dimenticati.

A mezzogiorno toccò a un'emozionatissima Lydia il compito di annunciare telefonicamente che il signor sindaco della città chiedeva di poter conferire con loro e, ricevutone l'assenso, lo comunicò al commendatore, rifugiandosi subito dopo nel suo schivo rossore.

Azzimati e levigati come mai nelle grandi occasioni, alcuni minuti dopo, si recarono al secondo piano dell'albergo e a ogni passo, per tutta la scalinata e il corridoio, il commendatore che accompagnava il sindaco, poteva rendersi conto di quanti amici ti vengano in soccorso nei momenti di fama e a ciascuno di essi rivolgeva uno sguardo implorante moderazione e discrezione, mentre con le mani sciorinava tutta la gestualità possibile per raccomandare calma e silenzio.

Quando Roberto aprì l'uscio, l'inedita coppia di visitatori furono letteralmente abbacinati dall'imponente bellezza di Ingrid che li sovrastava di diverse spanne, pur indossando delle ballerine.

Incapaci di comunicare in svedese, tedesco, inglese, francese e, pur pensandolo intimamente, ritenendo fuori luogo rivolgere le sole parole in italiano che Ingrid aveva già mostrato di saper ben comprendere, si rivolsero a Roberto.

Mentre non riuscivano a distogliere lo sguardo da lei, riferirono che la città era completamente impazzita per loro e non si sarebbe rassegnata a una frettolosa partenza e chiedeva almeno un semplice gesto che fosse ricordato per sempre ... da raccontare ai nipoti.

VIII
Mod Ingrid

Convennero per un saluto dalla terrazza dell'albergo Moderno che, rotonda come la prua di un transatlantico, protendendosi sul mare di teste di piazza Matteotti, sembrava essere stata da sempre costruita apposta per lei e per quel giorno.

Quando la videro avvicinarsi alla ringhiera della terrazza, quello che finora era stato un sordo brusio, si trasformò in boato.

Indossava un leggero cappotto chiaro su una camicetta leggera mentre ancora mostrava di non saper fare a meno di emancipati pantaloni. Ora la sua bionda chioma appariva in tutto il rigoglioso fulgore incorniciando un ovale perfetto in cui spiccavano due gemme turchesi e una rosa carnosa.

Ingrid guardò con un certo stupore tutta quella gente. Gente semplice, gente spontanea, non ricercata e pretenziosa, ma persone che mostravano d'amarla così com'era, con tutta la sua insicurezza di donna audace che per un sogno d'amore sarebbe stata capace di rinunciare a un comodo futuro.

Ma un'altra cosa attrasse l'attenzione di Ingrid.

Tra quella folla sterminata composta di famiglie intere con i loro bambini anche nei passeggini, non vollero mancare, persino, decine di pance di donne incinte.

Il loro bisogno di scacciare passati anni di tristezza aveva fatto esplodere in quel primo dopoguerra un'incontenibile voglia di procreare.

Quella promessa di umanità nuova che si presentava ai suoi occhi, sarebbe stata certamente una generazione che avrebbe ben compreso la lezione dei patimenti dei loro genitori e avrebbe visto con occhi più docili quelle debolezze dell'animo umano che il perbenismo maccartista, avvelenando le consapevolezze del suo pubblico d'oltreoceano, ora demonizzava.

Sì, anche lei voleva essere partecipe di questo mondo nuovo… a qualunque costo.

Sorrise finalmente raggiante Ingrid a quella gente che la stava vedendo in anteprima interprete non di un film ma di un momento dirompente della sua vera vita.

Mentre il sindaco, alle sue spalle, riservatamente, tentava di suggerirle un indirizzo di saluto, a Ingrid venne in mente solo quello stesso spirito che l'aveva già altre volte accompagnata nei momenti difficili che la vita non risparmia neanche alle dive.

Mod Ingrid. Coraggio Ingrid.

E' il tempo di ricominciare una nuova vita e lei la vorrà vivere fino in fondo con una nuova famiglia italiana ricca di prorompente gioventù: un impetuoso bisogno di maternità la assalì.[14]

Mandò un bacio a quella folla con quel linguaggio gestuale che non ha bisogno di traduzione e che arrivò fino alla discesa di Mauro.

---

[14] Il primo figlio italiano della coppia (Roberto Giusto Giuseppe) nascerà lo 02/02/1950. Seguiranno nel 1952 le gemelle Isabella e Isotta Ingrid.

IX
La violaciocca

Rientrati in camera, ogni dubbio era svanito dalla mente di Ingrid e persino tutta quella gente che gremiva la scalinata del Moderno, non le appariva più come "ali nere di uomini avidi e cupi" pronti a giudicarla, ma come premurosi boys al passaggio di una, per lei ignota, Wanda Osiris.

Prima di partire, don Lissandro prese il coraggio a quattro mani e, pur lasciandosi sormontare dalla maestosa figura di Ingrid, fece intendere di rendere omaggio la coppia del soggiorno nel suo albergo. Producendosi nel più galante dei baciamano, arrossendo, chiese di poter ottenere un autografo dalla diva che, non avendo a disposizione alcuna sua foto, pensò di lasciare la sua firma su un angolo di quelle lenzuola che, da quel giorno in poi, non sarebbero state più le lenzuola del Principe, ma della Regina.

Un lungo e caloroso applauso dei "boys" accompagnò la diva e il regista nella discesa della scalinata e quando giunsero nella hall a Ingrid in mezzo a tutta quella gente, non passò inosservata Lydia che, proprio perché piccolissima e timidissima nel suo grembiulino nero, più di tutti spiccava per la sua modestia.

Avvicinandosi, Ingrid, quasi a ringraziare in lei tutte le donne di Catanzaro che le avevano fatto capire qualcosa che prima non aveva compreso, le carezzò, con un sorriso, il volto e le porse quella violaciocca che Amedeo la sera prima le aveva donato.

Anche Lydia, dopo quel giorno, capì qualcosa in più: che nel cuore di una donna ci possono essere sentimenti che un certo perbenismo non riesce a comprendere e che certamente non può giudicare.

Non senza difficoltà riguadagnarono l'accesso alla cabriolet, mentre impacciate guardie municipali e lo stesso personale dell'albergo garantirono loro uno stretto passaggio tra la folla.

Partirono per tornare a Roma per un viaggio in Italia che mai più avrebbero dimenticato perché le emozioni che avevano provato erano state irripetibili.

Quel lento viaggio di ritorno in automobile percorrendo paesaggi e gente così diversa dal solito, forse avrebbe ispirato un futuro film[15] al creativo regista, ma sarebbe stato certamente un ricordo indelebile nella memoria di entrambi in qualunque loro futuro destino.

Perché quel bagno di folla che avevano vissuto sarebbe stato capace di risvegliare il bisogno d'amore persino in una gelida

---

[15] Viaggio in Italia (1953)

coppia d'inglesi nella crisi del settimo anno[16].

---

[16] Sono i due protagonisti del film prima citato che, nella scena finale, ritrovano il loro amore, confondendosi tra la folla di una processione, in un paesino dell'Italia meridionale.

Indice

Ringraziamenti

Alla mia Brunella
Per aver saputo accompagnarmi amore-
volmente in un'avventura di scrittura per
me inconsueta, ma, soprattutto, nella mia
esperienza di vita.

A Ninì
Per le sue preziose "mémoires" che han-
no arricchito i nostri pomeriggi domeni-
cali.

A Gioacchino
Per il suo incoraggiamento verso
un'esperienza nuova.

A Marcello
Per il contributo alla testimonianza foto-
grafica tratta dal suo prezioso archivio.